什么都不怕的小妇人

[美]琳达·威廉斯 / 著　　　[美]梅甘·劳埃德 / 绘

马爱农 / 译

海豚出版社
DOLPHIN BOOKS
CIPG 中国国际出版集团

图书在版编目（CIP）数据

什么都不怕的小妇人 / （美）琳达·威廉斯著；
（美）梅甘·劳埃德绘 ；马爱农译. -- 北京 ：海豚出版
社，2019.1
　　ISBN 978-7-5110-3042-9

　　Ⅰ . ①什… Ⅱ . ①琳… ②梅… ③马… Ⅲ . ①儿童故
事－图画故事－美国－现代 Ⅳ . ① I712.85

中国版本图书馆 CIP 数据核字 (2018) 第 246175 号

版权登记号：01-2018-7797

出 版 人：王　磊
责任编辑：许海杰　李宏声
责任印制：于浩杰　蔡　丽
项目策划：奇想国童书
特约编辑：殷学连
装帧设计：李困困
法律顾问：中咨律师事务所　殷斌律师
出　　版：海豚出版社
社　　址：北京市西城区百万庄大街 24 号　　邮编：100037
网　　址：www.dolphin-books.com.cn
电　　话：010-68996147（总编室）　010-64049180 转 805（销售）
传　　真：010-68996147
印　　刷：北京利丰雅高长城印刷有限公司
经　　销：全国新华书店及各大网络书店
开　　本：16 开（889mm×1092mm）
印　　张：2
字　　数：20 千
印　　数：6000
版　　次：2019 年 1 月第 1 版　2019 年 1 月第 1 次印刷
标准书号：ISBN 978-7-5110-3042-9
定　　价：42.00 元

献给查尔斯

——琳达 · 威廉斯

献给我的父母，致以爱与感谢

——梅甘 · 劳埃德

从前，
有个小妇人，她什么都不怕！

一天下午，风刮得很大。

小妇人离开自己的小木屋，到树林里去散散步，

采集一些草药、香料、坚果和种子。

她走了那么长时间，走了那么远的路，
渐渐地，天黑下来了，只有一弯月牙儿照着茫茫黑夜。
小妇人开始往家里走。

突然，她停住了脚步！

就在小路的中央，出现了两只大鞋子。

鞋子竟然在走路，咔嗒、咔嗒。

"给我让开，你们这两只大鞋子！我才不怕你们呢。"

小妇人说。她继续顺着小路往前走。

可是她能听见身后

两只鞋子在走路，咔嗒、咔嗒。

又走了一会儿，小妇人撞在了一条裤子上。

裤子在扭动，咕叽、咕叽。

"给我让开，你这条裤子。我才不怕你呢！"
小妇人说完，继续往前走。
可是她能听见身后……

两只鞋子咔嗒、咔嗒，
一条裤子咕叽、咕叽。

小妇人接着往前走，又撞上了一件衬衫。

衬衫在抖动，哗啦、哗啦。

"给我让开，你这件笨衬衫！我才不怕你呢。"小妇人说。
她继续往前走，脚步加快了一点儿。
可是她能听见身后……

两只鞋子咔嗒、咔嗒，
一条裤子咕叽、咕叽，
还有一件衬衫哗啦、哗啦。

又往前走了一段，小妇人碰到两只白手套
和一顶黑色的高礼帽。

手套在拍手，噼啪、噼啪，
帽子在点头，咯噔、咯噔。

"给我让开，你们这两只白手套，
还有你这顶黑色的高礼帽！我才不怕你们呢。"
说着，她继续往前走，速度更快了一点儿。
可是她能听见身后……

两只鞋子咔嗒、咔嗒，
一条裤子咕叽、咕叽，
一件衬衫哗啦、哗啦，
两只手套噼啪、噼啪，
还有一顶帽子在咯噔、咯噔。

这时候，小妇人走路的速度已经非常快了。
马上就要到小木屋了，突然，一个特别大、特别黄、
特别吓人的南瓜头出现，把她吓了一跳。

而且这个南瓜头……

正在发出声音：嘘、嘘！

这次，小妇人没有停下来说话。

她一步也没有停。她跑了起来。

可是，她能听见身后

两只鞋子咔嗒、咔嗒，

一条裤子咕叽、咕叽，

一件衬衫哗啦、哗啦，

两只手套噼啪、噼啪，

一顶帽子咯噔、咯噔，

还有一个可怕的南瓜头在嘘、嘘！

小妇人没有扭头看。她以最快的速度拼命地往前跑，
一口气跑进自己的小木屋，把门紧紧地锁上了。
这下安全了吧！
她坐在炉火边的摇椅里，摇啊、摇啊。

小木屋里真安静呀，突然有人敲门，笃、笃。
要不要开门呢？
哼，她什么都不怕。
于是，她走过去把门打开了。

你猜她看见了什么？

两只鞋子咔嗒、咔嗒，
一条裤子咕叽、咕叽，
一件衬衫哗啦、哗啦，
两只手套噼啪、噼啪，
一顶帽子咯噔、咯噔，
还有一个可怕的南瓜头在嘘、嘘！

"我才不怕你们呢。"小妇人勇敢地说，
"你们到底想干吗？"
"我们想来吓唬你！"
"吓唬我？没门儿！"小妇人说。
"那我们可怎么办呢？"南瓜头一下子显得很不开心。

"我有个主意。"小妇人说。

她对南瓜头耳语了几句。

南瓜头点点头，脸色顿时多云转晴。

小妇人道了晚安，关上房门，

吹着口哨上床睡觉去了。

第二天，她一大早就醒来了。

她走到窗口，朝外面的花园里看去。

你猜她看见了什么？

两只鞋子咔嗒、咔嗒，

一条裤子咕叽、咕叽，

一件衬衫哗啦、哗啦，

两只手套噼啪、噼啪，

一顶帽子咯噔、咯噔，

一个可怕的南瓜头在嘘、嘘……

把所有的乌鸦都吓跑啦！